AF312421

CHARLES MORICE

DEMAIN
QUESTIONS D'ESTHÉTIQUE

PARIS

LIBRAIRIE ACADÉMIQUE DIDIER

PERRIN ET Cie, LIBRAIRES-ÉDITEURS

DEMAIN

QUESTIONS D'ESTHÉTIQUE

DEMAIN

QUESTIONS D'ESTHÉTIQUE

PARIS

LIBRAIRIE ACADÉMIQUE DIDIER

PERRIN ET Cie, LIBRAIRES-ÉDITEURS

35, QUAI DES GRANDS-AUGUSTINS, 35

—

1888

DEMAIN

QUESTIONS D'ESTHÉTIQUE

A propos d'un livre de nouvelles théories esthétiques [1], j'eus l'idée de consulter sur l'objet même de ce livre quelques-uns des écrivains que j'estime le plus foncièrement parmi ceux qui représentent les formules accomplies. Il me semblait précieux d'avoir le sentiment des Maîtres actuels sur les tendances de la jeune littérature, sur sa valeur

[1]. La Littérature de tout a l'heure (*sous presse*). Librairie académique, Perrin et Cie, éditeurs.

et sur son avenir : quoique mes conclusions personnelles fussent déjà prises, j'étais curieux de savoir comment, par les théories, les efforts de demain s'accorderaient avec les traditions d'hier et les œuvres d'aujourd'hui.

En particulier, j'adressai à M. Anatole France les questions que voici :

Que pensez-vous que doive être la littérature de demain, celle qui n'est qu'en germe encore dans les essais des jeunes gens de vingt à trente ans? Où va-t-elle sous les influences contraires qui se la partagent (idéalisme — positivisme, patriotisme esthétique et philosophique — lettres et doctrines étrangères, objectivisme — subjectivisme, doctrine de l'exception — triomphe de la démocratie, etc.)? Est-ce un bien ou un mal, ce manque de groupement qui la caractérise? N'y-a-t-il pas une scission profonde entre les traditions dont la littérature a vécu jusqu'ici et les symptômes nouveaux qu'on pressent plutôt qu'on ne pourrait les définir? Voyez-vous un bon ou un mauvais signe en cette maîtrise de tous les arts, y compris celui d'écrire, par la critique moderne? Enfin, où est l'avenir?

M. Anatole France me fit, dans le *Temps* du

5 août dernier, une réponse du plus haut intérêt, mais où je ne trouvai pas la solution des problèmes littéraires que je lui soumettais. Ces problèmes eux-mêmes, il se défendait d'en être passionné ; avec un peu d'ironie — d'ailleurs d'excellent ton — il me traitait d'esthète :

Vous êtes esthète et vous voulez bien me croire esthète. C'est me flatter. Je vous avouerai, et mes lecteurs le savent, que j'ai peu de goût à disputer sur la nature du beau. Je n'ai qu'une confiance médiocre dans les formules métaphysiques. Je crois que nous ne saurons jamais exactement pourquoi une chose est belle.

Et puis venaient des sévérités :

Vous me demandez mon avis sur la jeune littérature. Je voudrais, en vous répondant, prononcer des paroles souriantes et de bon augure. Je voudrais détourner les présages de malheur. Je ne puis, et je suis contraint d'avouer que je n'attends rien de bon du prochain avenir.

Cet aveu me coûte. Car rien n'est doux comme d'aimer la jeunesse et d'en être aimé. C'est la ré-

compense et la consolation suprême. Les jeunes gens
vantent si sincèrement ceux qui les louent! Ils ad-
mirent et ils aiment comme il faut qu'on admire et
qu'on aime : trop. Il n'y a qu'eux pour jeter géné-
reusement des couronnes. Oh! que je voudrais être
en communion avec la littérature nouvelle, en sym-
pathie avec les œuvres futures! Je voudrais pouvoir
célébrer les vers et les « proses » des décadents. Je
voudrais me joindre aux plus hardis impressionnistes,
combattre avec eux et pour eux. Mais ce serait combattre dans les ténèbres, car je ne vois goutte à ces
vers et à ces proses-là, et vous savez qu'Ajax lui-
même, le plus brave des Grecs qui furent devant
Troie, demandait à Zeus de combattre et de périr en
plein jour.

. . . . Je crains que la race des
symbolistes ne soit aux trois quarts éteinte. Les des-
tins, comme dit le poète, n'ont fait que la montrer à
la terre.

Ils étaient singuliers, ces jeunes poètes et ces jeunes
prosateurs! On n'avait encore rien vu de pareil en
France, et il serait curieux de rechercher les causes
qui les ont produits et déterminés. Je ne veux pas
m'enfoncer trop avant dans cette recherche. Je ne
remonterai pas jusqu'à la nébuleuse primitive. Ce
serait aller trop loin et ne pas aller assez loin; car
enfin il y avait quelque chose avant la nébuleuse pri-

mitive. Je remonterai seulement au naturalisme, qui commença à envahir la littérature au milieu du second Empire. Il débuta avec éclat et produisit du premier coup un chef-d'œuvre : *Madame Bovary*. Et, qu'on ne s'y trompe pas, le naturalisme était excellent à bien des égards. Il marquait un retour à la nature, que le romantisme avait outragée. Il était la revanche de la raison. Le malheur voulut que bientôt le naturalisme subit l'empire d'un talent vigoureux, mais étroit, brutal, grossier, sans goût, et ignorant de la mesure, qui est tout l'art. Je crois avoir assez bien défini le nouveau candidat à l'Académie française, celui-là même qui disait tantôt, avec autant d'élégance que d'exactitude : « J'ai divisé mes visites en trois groupes. »

. . . .

A les bien prendre, nos jeunes poètes sont des mystiques. Je rencontrais tantôt cette phrase dans la vie d'un des Pères de la Thébaïde : « Il lisait les Écritures pour y trouver des allégories. » Il faut aux disciples de M. Mallarmé des allégories et tout l'ésotérisme des antiques théurgies, Point de poésie sans un sens caché. On dit même que le maître veut qu'un livre excellent présente trois sens superposés. . . . . .

Enfin, sans entrer, à proprement parler, dans le sujet même du débat, et plutôt en l'effleurant, M. Anatole France achevait sa lettre par ces conseils aux jeunes écrivains :

Soyons simples, enfin. Disons-nous que nous parlons pour être entendus; pensons que nous ne serons vraiment grands et bons que si nous nous adressons, je ne dis pas à tous, mais à beaucoup.

Voilà, Monsieur, les conseils que j'oserais donner à nos jeunes gens. Mais je crains qu'il ne faille une expérience déjà longue pour en découvrir le sens profond. Heureusement qu'ils sont bien inutiles à ceux qui naissent avec un beau génie. Ceux-là, dès le berceau, sont nos maîtres, et la critique, loin de leur rien apprendre, doit tout apprendre d'eux.

. . . .

L'avenir est dans le présent, il est dans le passé. C'est nous qui le faisons; s'il est mauvais, ce sera de notre faute. Mais je n'en désespère pas.

Je m'aperçois que je n'ai pas dit la centième partie de ce que je voulais dire. Je voulais, par exemple, essayer d'indiquer les conditions nouvelles que la démocratie et l'industrie feront à l'art de demain. Je me figure que ces conditions seront très supportables. Ce sera le sujet d'une prochaine lettre.

Veuillez agréer, etc.

Qu'il me soit permis, sans prétendre clore par une simple lettre une discussion à l'objet de laquelle je consacre tout un livre, de défendre contre les sévérités de M. Anatole France les tentatives et les tendances de la génération nouvelle, d'indiquer sommairement ce qu'il y a de très sincère et de très grave sous tant d'audaces, d'obscurités, voire d'excentricités, et comment la logique même de notre histoire littéraire devait amener l'évolution actuelle.

A

M. ANATOLE FRANCE

Monsieur,

Vous avez honoré d'une réponse publique la lettre que je vous avais adressée à propos de questions littéraires nouvelles. Je vous remercie de la courtoisie du fait et des termes, — sans prendre pour moi les ironies légères qui relèvent votre prose, et qui vous sont un moyen facile et louable de faire agréer du « Grand Public » certaines idées dont la gravité l'effaroucherait si elle ne se masquait de sourire.

Mais sur ces idées mêmes, j'ai tant à dire

et, comme vous l'avez pensé, le sujet inté-
resse si fort quiconque n'est pas indifférent
à la littérature, que je ne crois point excéder
mes droits en vous demandant congé, Monsieur, de faire à votre réponse publique, —
puisque aussi bien elle se refuse à conclure
et reste hérissée de points d'interrogation, —
une réponse publique aussi. — D'ailleurs
je me défends d'avance de toute ridicule pré-
tention à rien vous enseigner; vous parlez
au nom de l'expérience et avec l'autorité que
des livres excellents vous donnent : je ne
vous opposerai guère que des intuitions, et
ne puis compter que sur l'incertain avenir
pour légitimer par des œuvres les théories.

Car, Monsieur, et ce point me tient trop à
cœur pour que je néglige de le préciser d'a-
bord, si j'*esthétise,* comme vous me le reprochez un peu, ce n'est du moins pas d'une
sorte byzantine et désintéressée. Non plus
que vous, je n'estime les théories qui se per-

pétuent dans l'abstraction. Je n'ai foi qu'aux œuvres. Pourtant j'ai cru pouvoir formuler une doctrine avant de la réaliser. Me trompais-je? Ils sont spéciaux à notre siècle, les poètes esthètes, c'est vrai; mais n'y ont-ils pas, de par Edgar Poe, Wagner et Baudelaire, droit de cité? Quoi! si un poète *sachant ce qu'il fait* (n'est-ce pas toute la définition du poète moderne?) l'annonce et l'expose par le comment et le pourquoi avant de l'accomplir, faut-il donc de toute nécessité que même les esprits les plus hauts et les plus fins du monde entrent en méfiance, laissent percer sous l'ambiguïté de leur jugement une vague accusation de pédantisme et se tiennent à peine de prononcer les mots sacramentels: absence d'inspiration? N'en finira-t-on jamais avec cette antique confusion de l'*inspiration* et de l'*inconscience?* Le public a besoin de croire que les augustes poètes que nous admirons comme lui et dont les ombres lumi-

neuses sont des soleils de nos rêves, s'aban-
donnèrent sans calcul au caprice de leur
tempérament, parce qu'ils dédaignèrent de
dire leur esthétique. Et en effet, ils n'avaient
pas besoin de la dire puisqu'à cette époque
d'enfance heureuse les génies et les foules
étaient en communion. Mais une loi fatale
comporte le divorce des foules et des génies
au terme des civilisations. Comme ils ne font,
à proprement parler, aucun héritage spirituel
et ne subissent guère du temps d'autre atteinte
que la dépravation d'une complication super-
ficielle qui toutefois et déjà ne leur permet
plus de se complaire aux simplicités des pre-
miers âges, les peuples n'assument pas les
graves soucis des générations antécédentes, et
ces intelligences restées puériles voudraient
toujours des refrains de berceau. Les poètes,
au contraire, légataires uniques des races, tôt
avertis des temples déjà consacrés, s'en vont
plus loin, toujours plus loin, cherchant la terre

vierge où fonder un nouvel édifice. Sourds aux sollicitations du monde qui leur demande des beautés harmonieuses à l'idéal enfantin, ils passent, doux et graves, déléguant aux parvis célèbres les solliciteurs, et traversent dans l'exil de leur pensée les joies et les douleurs tumultueuses. Et que le mode d'improvisation, d'art spontané, d'idées unies, claires et clairement offertes, ait dû être la norme de l'époque primitive, je ne le nie point : mais qu'on m'accorde, à cette heure tardive, toutes les tâches aisées étant faites, les fleurs des religions et des légendes étant cueillies, le clair la peine de se transformer en « esthète ». Et puis, à un point de vue secondaire, et selon la scolie de Virgile, si « On se lasse de tout, excepté de comprendre », pourquoi ne donnerions-nous pas un peu de temps à disputer, comme vous dites, sur la nature du beau ?

Surtout, si de telles discussions s'orientent vers des applications prochaines et se concluent par ce *sursum corda* qui donne aux poètes la bonne frénésie de la création, elles me semblent assez nobles et vraiment poignantes.

Je vous demandais, Monsieur, à propos d'un livre où je tâche de préciser le sens de la *Littérature de tout à l'heure,* votre sentiment sur la direction des efforts jeunes vers le beau, — quelle que soit sa nature. Vous me répondez par la condamnation de M. Mallarmé, de M. Zola et de leurs disciples, et vous avouez n'attendre « rien de bon du prochain avenir ».

— Pourtant, vous le savez, vous qui regrettez de n'être pas avec eux, les jeunes gens ont toujours raison; même dans leurs erreurs, la vérité germe. Permettez-moi de dire que votre sévérité est un peu brève. M. Zola n'est point responsable des infiniment petits corollaires de son théorème, et quant à M. Mallarmé, je sais fort bien quelle est son influence sur la génération nouvelle, mais je ne sache pas qu'il ait avoué aucun disciple. Et ces jeunes poètes eux-mêmes que vous traitez de mystiques — j'en sais plus d'un que le mot ne fâcherait point, — si contradictoires et nuageuses que soient leurs aspirations, je ne crois pas impossible d'y démêler une certaine et suffisante unité.

Pour voir clair, vous avez senti la nécessité de reculer dans l'histoire. Je vous imiterai; j'irai même un peu plus loin que vous, sans pourtant plus que vous remonter jusqu'à la nébuleuse primitive. Il me semble qu'à grands traits l'histoire de la littérature moderne pourrait se résumer de la sorte que voici :

A la grande différence des païens, pour qui la Forme, sans proscrire l'Idée, la primait, pour les modernes l'Idée, ou plutôt l'Ame Spirituelle, est l'objet principal de l'œuvre littéraire. Longtemps même, et c'est notre littérature classique, on ne sut voir que l'Ame. Cette époque fut, chez nous, celle de la floraison de la raison pure et il est assez facile de la reconnaître sous sa livrée chrétienne, cette raison qui ne s'était pas abdiquée, bien qu'elle prît gloire à servir la messe. Ce fut l'apothèse longuement préparée par les dialecticiens scolastiques du moyen âge : les temps de la naïveté avaient été, ceux de la connaissance venaient, et les temps de la connaissance exaltaient les rigides lois d'une logique qui s'empruntait d'Aristote, à travers saint Thomas, pensant établir par les forces

mêmes de la raison seulement humaine la
vérité de la Révélation. Sans doute le sentiment de la couleur et de l'harmonie som-
meillait et sans doute, à maintenir si longtemps dans cette pénible attitude doctorale
l'esprit humain, on risquait de le paralyser,
de le dessécher, de lui faire oublier la grâce
de gestes plus vivants : le xviiie siècle, cette
mare, puis ce torrent, est le loyer dont nous
payâmes le xviie. — Le Romantisme n'eut
point d'autre fonction que de rappeler l'art
français au souci du monde extérieur : sur
l'Ame de Bossuet et de Racine, Hugo et Gau-
tier jetèrent leur draperie splendide. Ce fut
un art tout de mouvement et de couleur, de
sentiment et d'action. Mais Classiques et Romantiques avaient également négligé une
part importante de composé humain : le
corps organisé. Vinrent les Naturalistes qui
proposèrent d'y penser. Car ce qui distingue
le plus nettement *Madame Bovary* des romans

qui lui étaient contemporains, c'est *ce qu'il y a de physique* dans la vie, dans les passions et jusque dans l'agonie d'Emma, cet empoisonnement d'où émane, à le lire, une contagion de nausée.

Mais cette tâche des Naturalistes, des trois la plus courte sinon la plus facile, Flaubert était un trop grand poète pour s'y tenir. Son génie l'emportait naturellement aux œuvres absolues où tout l'homme peut se réaliser dans ses pensées, dans ses sentiments, dans ses sensations, — à *Salammbô* et surtout à la *Tentation.* Pourtant, la tâche n'était pas définitivement accomplie, puisque les Goncourt durent écrire *Germinie Lacerteux* et M. Zola l'*Assommoir.* C'est qu'il restait, en effet, à étudier, à analyser le « corps social », à mettre en mouvement dans les œuvres littéraires les foules, qui sont toutes physiques, aussi bien dans l'unité de leur ensemble que dans leurs individus. Il y fallait peut-être moins de volumes que la série des *Rougon-Macquart* n'en comporte. — En tous cas, voilà qui est fait. La besogne n'était pas aimable et voulait précisément l'exactitude bureaucratique, la persévérance administrative de M. Zola : une longue patience et six pages par jour! Nous lui devons de la reconnaissance et le louer même pour les défauts qui constituent, si je puis ainsi dire, ses qualités, — cette étroitesse sans quoi nous n'aurions pas l'unité de ses efforts, cette grossièreté au delà de laquelle il a parfois trouvé la grandeur.

Telle m'apparaît, Monsieur, la morale à déduire de l'histoire littéraire de nos trois derniers siècles. Mis à part des génies tout-puissants comme Pascal et Balzac qui reflétèrent dans le flot profond de leur pensée tout l'art et toute la vie, et des esprits infiniment subtils et délicieux comme Joubert et Stendhal qui se datèrent de l'avenir, tous nos grands ancêtres ont donc coopéré à cette vaste analyse humaine qu'enfin voilà conclue.

Or, si elle n'aboutissait à la synthèse, à quoi servirait l'analyse? Sans rien oublier des conquêtes naturalistes et romantiques, ceux qui viendront, pour *mettre une âme dans un corps agissant,* retourneront aux traditions spirituelles et classiques, avec cette importante nuance : qu'ils sauront que le temps des idées générales est passé. — Mais ici deux questions se dressent, une question de fond et une question de forme (comme on disait très jadis).

D'abord l'art, en toutes ses manifestations, est essentiellement « l'aspect en beauté » des idées religieuses d'une race et d'une époque vivantes. Cela est surtout évident à l'origine de toutes les littératures; sans remonter jusqu'à l'*Iliade* et l'*Odyssée* qui sont des actes de foi, chez nous, durant ce xviie siècle dont je vous parlais, tandis que les orateurs sacrés conduisaient à leurs suprêmes conséquences les principes enfermés dans les dogmes, exprimaient des plus abstraites spéculations religieuses une psychologie, une morale et une politique chrétiennes, les poètes, par une rétroaction de rêve, faisaient rayonner la Croix sur les Idoles et christianisaient les fables de l'Antiquité. Au commencement du siècle, le Romantisme, qui fut un peu factice et postiche, vécut d'une « religion littéraire » dont nos plus modernes catholiques du *Chat Noir* nous donnaient la parodie. Mais cette contre-façon elle-même de la foi est usée et si les Naturalistes ont pu se passer de toute religion comme ils se sont privés de toute beauté, que vont faire ceux qui viennent? Ils ont tous ce double trait commun : un sentiment très vif de la Beauté et un furieux besoin de Vérité. Ne leur reprochez pas trop, Monsieur, d'être des mystiques et de s'éprendre de l'ésotérisme des antiques théurgies. S'ils cherchent par-delà tout Évangile précis, — à cette heure où tous les Évangiles tombent en ruines, — une religion qui satisfasse à la fois leur cœur et leur raison dans le fonds commun de toutes les religions et de toutes les métaphysiques, dans le frisson de mystère dont certaines questions ont toujours fait frémir toute l'humanité, dans les hiéroglyphes de l'ancienne Égypte, dans les grimoires de Paracelse et dans les méditations de Spinoza, — ne les condamnez pas si vite : êtes-vous bien sûr qu'ils aient tort?

L'autre question est celle-ci : les procédés qui ont suffi à l'analyse du composé humain suffiront-ils à la synthèse? Et à peine cette question est-elle formulée qu'on voit que le plus notable fait esthétique de cette heure consiste en l'effort manifeste d'une synthèse de tous les arts en chacun des arts. La musique, par Berlioz, Wagner, Saint-Saëns, tend vers la peinture et la littérature ; la peinture, par les Impressionnistes, envahit le domaine de la musique, celui de la poésie par des maîtres tels que Puvis de Chavannes, Besnard, Gustave Moreau, Odilon Redon, Eugène Carrière, et tout à la fois celui de la poésie et celui de la musique par ce grand inconnu à qui l'avenir fera sa place, Monticelli. La sculpture elle-même s'émeut de son immémoriale immobilité, se soucie moins, désormais, de forme que de physionomie, se préoccupe de pensées et fait parler de vives prunelles dans ces orbites que la statuaire grecque laissait creux. A cet effort synthétique pourquoi la poésie resterait-elle étrangère quand il lui fournit le seul bon moyen — peut-être — d'accomplir sa grande destinée finale : *suggérer tout l'homme par tout l'art?*

Voilà, Monsieur, indiquées d'une façon trop sommaire, partant incomplète, les vastes ambitions qui produisent l'un peu confuse mêlée actuelle dont vous augurez si cruellement les ruines de l'avenir. Vous n'y voulez voir qu'un brouillard, je pense que c'est la fumée d'un grand feu. Cette fumée fait bien de l'ombre, je le sais, où vibrent à peine de rares étincelles, de vagues mains lumineuses qui font un signe et s'éteignent. — Quelques-uns se contentent de solutions trop courtes, et d'autres, comme M. Mallarmé, ce très pur poète, disent des mots si hautement simples que cette époque ne les saurait entendre, perdue qu'elle est de petites complications. Il me semble pourtant que par des poètes tels que Paul Verlaine, ce parfait musicien, et des prosateurs tels que Villiers de l'Isle-Adam — pour ne nommer que ceux-là — les portes de l'avenir ont été du moins entr'ouvertes.

« L'avenir est dans le passé », dites-vous, Monsieur. Et en effet! Mais nous le savons, et ce n'est pas inconsciemment que nous retournons aux sources de la langue d'une part et de l'autre aux sources des Mythes. —

— « Soyons simples », dites-vous encore. Ici, et pour conclure, laissez-moi vous demander, Monsieur, ce que vous entendez par la simplicité. Dans les besognes écrites auxquelles la vie réduit ceux d'entre nous qui ne sont pas nés avec des rentes ou qui n'ont pas su les garder, nous n'ignorons pas ce qu'il faut, improprement d'ailleurs, entendre par simplicité : c'est le fameux « style coulant ». Vous ne parlez pas de cette simplicité-là. M. Zola est-il simple? Vous l'estimez vulgaire. M. Daudet? Il est fait de petits artifices. « Être simple, c'est parler pour être entendu. » — De qui? — « De beaucoup. » — Mais encore, de qui? Le public et les poètes ne suivent guère le même chemin. De lui à nous, l'écart s'accentue sans cesse : et veuillez le remarquer, notre langue même, si nous la gardons pure, l'éloigne de nous, car il a peu à peu perverti l'instrument merveilleux et ne sait plus guère se repaître que de termes

impropres et de métaphores mal faites, des
choses sans nom. Quant à nos pensées, plus
elles seront selon la nature, moins elles res-
teront accessibles aux générations qui gran-
diront sur des vélocipèdes à l'ombre de la
Tour Eiffel...

Mais vous m'annoncez une autre lettre,
sur les conditions nouvelles, précisément,
que la démocratie et l'industrie feront à l'art
de demain. Je suis impatient de lire les con-
jectures optimistes que vous laissez pres-
sentir, et je vous prie d'agréer, Monsieur, etc.

CHARLES MORICE.

Paris, le 9 août 1888.

Paris. — Typ. G. Chamerot, 19, rue des Saints-Pères. — 23179.

Pour Paraître prochainement :

LA LITTÉRATURE DE TOUT A L'HEURE

PAR

CHARLES MORICE

Paris. — Typ. Georges Chamerot, — 93179